KB162225

맑은 고을에 피어난 소중한 꽃

성낙수 시집

맑은 고을에 피어난 소중한 꽃

성낙수 시집

예술의숲

◈ 차 례 ◈

1부. 무심천 징검다리에서

2부. 맑은 고을에서 예순 아홉 해

1부. 무심천 징검다리에서

청주, 찬가 · 1

맑은 고을, 순수한 눈빛의
사람들이 몰려 사는 도시
청주에 한 번 꼭 와 보면
다시 오고 싶은 큰 감동이
처음 마주한 푸라다나스 숲
정이 물린 가로수 길 따라
묵직한 울림으로 다가와서
들 깨꽃 향내로 시원히 펼쳐
수많은 사연들이 막힘없이
구수한 이야기로 번진 성안길
금속활자 자리한 흥덕사 아래
눈부신 문화 맑은 고을 적셔
철당간 간두 곱게 번지는 노을
손 사레 쳐 세월 원망 않아
체면 외면해 갈 길을 찾아
와우산 아래 꿈 펼쳐 쌓아
꼬드김에 넘어 가지 않아
대머리에서 미호천까지
상당산성으로 굳은 철벽으로
버텨 지내 오랜 세월 담아
지조 있는, 소나무의 기상

청주, 찬가 · 2

잎사귀마다 비밀을 품어 사는
빼어난 숲길을 지나 들어서
무릉도원의 도시 서원경

숨겨진 전설 우암선 자락에 품어
신의 한 수로 꼬이는 수맥 잡아
치유의 초정 탄산수 원망 없이 솟아

복이 터진 기름진 고을에
흥덕사지 눈부시게 버텨 있는
듬직한 위용으로 곧바르게
마음을 가리켜 상상과 농담
구수한 진담 되어 넓은 터에

고운 돛배를 띄우고 있어
사금 품은 무심천 마르지 않아
커다란 꿈 아담한 텃밭에 가꿔
주성의 마르지 않는 젖줄 되어

굳건한 상당산성 영겁으로 견뎌
끝이 없는 철당간 그림자 따라
느린 어투 오롯이 남은, 맑은 고을

청주, 찬가 · 3

친구여, 묻지 말고 찾아오게나
신명나는 꿈의 숲을 지나
속가슴에 사금 품어 건녀 온
무심한 무심천 징검다리 건너
느긋이 와우산 자락 따라
한껏 정이 물려 술 익어 가서
상당산성 동문으로 해 뜨고
서원경 빈 하늘 서쪽 가로
아름답게 노을이 지고 있는
맑고 고운 양반의 도시로
친구여, 묻지 말고 찾아오게나

저녁, 흥덕사지에서

무얼까, 우리를 그리도 애절히
기다리게 하고 있는 것은
푸른 내륙의 한가운데
섬이 아닌 섬이 되어
인고의 사립 열어 들어와
질긴 마음의 끈 잡아놓아
엿가락 늘리듯 시간 늘려
대간해 뒷짐을 진 바람 따라
세속의 험한 할딱 고개 넘어

번뇌의 길로 들어 생각을 바꿔
작은 구녁으로 디다 본
세월의 가슴팍은 보이잖아
구김 하나 없이 편하게
대응한 시간의 예리한 훈수로
남아 있는 것은, 뒤란의 풀줄기
소중한 가치를 보존하기 위해
분주한 일상이 잠시 먹을 감아

엄한 낯으로 다가오는 고민은
얼룩진 시간의 표정으로
닦을 수 없어 감쪽같이 흘러 버린
가진 것 없는 마음, 품에 내려놓아
헐렁한 품격 찾아 다른 격조 보여
핑계거리 없이 망신살 뻗쳐,
볼록한 그리움에 헷갈려 돌아선
가득 담아 욕심 버려

고개든 걸음 째 바로 잡아
바람 묻어, 넘는 가락에
오래 머물러 고운 빛깔로
술잔 깊이 빠져 버린 조각 달
한 평생 편견 없이 살아내어
까치발 선 기다림으로 기웃거려
얻어 보이지 않는 기대로
안개의 불변 어이 없이 엇갈려

비구름 불러 놓아 곱게 내리는
세월 탓해 가벼이 흔들리며

휘몰아쳐 아낌없이 버무려져
정적의 파동으로 하늘 향한
마른 손가락 마디마다
쥐어 지는 것 하나 없이
힘겹게 산길 거닐어 가는
무참히 개고생까지 즐겨
가까이 있는 속세 멀리해
있지 않은 운세 꼬리쳐

굴뚝 연기로 빚은 고두밥을
정갈하게 담아낸 맛깔난 술로
정이 물린 하늘빛 보듬어
표주박 한가득 넘쳐 마셔
개뿔, 목수저 흙수저 차고
홀가분히 빈손으로 태어나
가슴 속 깊은 곳에서 두툼한
입술 되새겨 낸 넋두리인 것을

도돌이표 없이 힘겹게 가는 길에
냉정한 마침표 함부로 찍지 않아

여유의 쉼표 간간히 몇 개
작은 새의 발자국으로 선명히 찍어
가진 것 없는 마음, 품에 내려놓아
어색한 침묵의 대화 나눠
아쉬움에 쉽게 이별하지 못해
묵혀둔 사연 꺼내 들어
색이지 못 한 기억들은
기가 막히게 살아남아
산사 둘레 그윽하게 번지는
몸서리치게 그리운 향내

오랜만에 또 다시 찾아
우연히 품안에 들어
기대되는 앙증맞은 계곡을 건너
범상치 않은 산의 자태에
사방으로 휘몰아치는
한 세월 봉우리처럼 오롯이 남아
파도치는 세속의 모퉁이에서
풍상과 싸워 낸 조약돌로

가슴 깊이 사금 품어 멍들어
속마음 굳게 참아
거친 바람을 버틴 해묵은
침묵의 소리로 마음을 가리켜
무얼까, 우리를 이리도 애달프게
기다리게 하고 있는 것은

우암산 중턱에서

소중한 나를 포기해서는 안 되어
마음 편하게 지내 잠을 잘 자
일찍 깨어 산을 오르면

안개 너머 보이는 고운 시가지
잃는 것 없이 얻는 것만 있어

비바람 견디어 낸 후에 꽃 피워
견실한 열매 맺어 있는 것을

만남보다 이별이 감당하기
힘이 들어 먼 곳 바라봐도
정답을 쉽게 구할 수 없어

발길 멈춰 찾은 허기 채워줄
여명 깨운 한 모금 산사의 약수

한 방울 떨어뜨려 옷깃에 적신
서글픔 승천한, 청주 하늘

무심천 길 위에서

무얼까 오랫동안 돌다리 위에
종이 연 날리던 유년의 벌거숭이
맛깔스레 남아있게 하는 것은
물길 위로 따라 마주치는 것은
쉼 없이 까맣게 가슴앓이 하던
껌벅이며 넘어가는 자투리

마른기침으로 어물거려 너스레 떨어
까딱할 수 없는 세월 떠 돌아가는
뜬소문 구둔 살 박힌 쉿내 개울
언어로 표기하기 어렵게 살아
콧대 꺾인 손사래 치는 조신한
인생은 뜬금없이 파장으로
떠돌다 재갈 길 가는 소금쟁이

못 다 쓴 시 패랭이꽃 언저리에
어깨춤으로 허리 간질러
기지개로 미소 지는 자태
모퉁이 싱싱하게 살아 퍼덕이는

언어를 미끼 하여 은빛 찬란한 시
팽팽하게 몇 수 낚아 올리는 것을

꾸밈없는 물굽이의 미소에 범벅 되어
마른 입술 무너져 세월 실어 흘러
한결 아름답게 그리운 것이지
엇나간 고비 넘어 감내한 징검다리
유년의 꿈길이거나 젊음의 꽃길
중년의 가시길이거나 노년의 단풍길

상당산성

구름 멈춰선 경계에서
본래부터 아둔하고
시대가 왜곡되어
맛좋은 시 한 편
쓰지 못해도

굳은 벽 너머
눈을 뜬 순간
살아 있음에
빚진 허기는
꼭 채워야 해

쫄깃한 맛 기꺼이
음미해 가며
고맙도록 미치게
먹고 싶어
통통 불기 전에
입 속으로
날달걀 푼
멋진 조합으로

도저히 넘을 수 없는
편견의 벽을 넘어
뱃속 가득 채워진
쫀득하고 기다란
행복의 끝장

팔봉산 아래 풍경

깝치는 자들이 많은 현대에
지금까지 알고 있던 것 다 사실만은
아닌 것이 많이 있어 종잡지 못해
지난 역사의 일 세세히 들춰보면
볼수록 부끄러운 일이 많아

엄중한 죄인의 후손 아닌 자 없어
모두다 참회하는 마음으로
온통 부끄러워해서
떳떳한 자 하나도 없어

친일파 후손을 면해 목소리 높이는 자들
선대에 육이오때 동원 기피자로
수백만 명이 부끄러운 명부로 남아 있어
비겁하게 살아남은 후예로
제 낯에 낙인찍힌 것 보지 못하는

철면피 후손으로 남기도 하고
많은 사람들이 겁먹은

표정 감추지 못해 국방군 눈치 봐가며
인민군 눈치 깊이 보느라
가자미 눈이 되어 비굴하게
견뎌 남아 숨 가쁘게 살아남아

그 전으로 올라가면
모욕적 심한 비굴 견뎌 목숨 부지해
대 끝내지 않아 이어준
엄연한 사실 잊어 야속한 마음

후손들에 상처로 남기지 않아
제 조상 떳떳하게 잘났다
다 감춰 큰소리 쳐
양심 없는 자들이 폼 잡아 살아

큰소리쳐 살아 있음 자체가
진정 부끄러움임을 알아야 하는
아름답고 살기 좋은 터

어부동에서

널브러진 영혼 자리 잡지 못해
링거 줄로 연결 되어

구원해 줄 수 있는 것은
나 자신 스스로 인 것을

아낌없이 낮은 자세로
적도 난류의 끝자락에서

숨죽여 꼬박 견뎌 참아
햇살의 정이 물린 토닥임으로

바구니 가득 낚을 수 있어 좋은
시절 그럭저럭 다 보내어

다소곳 고개 숙인, 정한 자태로
버팀목으로 남은 곧은, 자존심

무심천을 걸으며

햇살 따사하게 빛나는 날
함께 해 무거운 발걸음
가벼워져 오래 걸어

힘들지 않아 기분 좋아
멈추지 않아 무심동로에서
무심서로 거침없이 걸어 나가

공짜 하나 없는 세상에
어눌한 일상의 싸움에 있어
버티어 견뎌 이겨 내어

공으로 가져 얻어 살아
세월 멋대로 탓하지 않아
걷는 굽은 허리 길 따라

군더더기 일도 없이 명쾌한
재치 있는 입담으로
완벽하게 재현한, 기대

성안길에서

귀띔 없이 가버린 세월
마냥 야속하기만 해
서운한 마음 접지 않아

갓신 내린 칠 선녀 찾아
안 개진 운명 물어 얻어내
물비늘로 번져 오고 있는
그리움의 여린 가락

오는 사람 막지 않고
가는 사람 잡지 않아
있는 대로 견뎌 살아 내어

세월이 주책 떨어 간다고
목청 높여 탓해 보니
주책 떨어 반 푼이 되어

보이는 것이 다 아닌
부르다만 그늘 짙게 진
슬픈 연가의 마지막, 구절

중앙공원 사랑

천년 묵은 은행나무 아래
기대서 한 치 어긋남 없이

무릉도원 언저리 머물러
군더더기 일 없는 명쾌한

재치 있는 입담 섞은
완벽하게 재현한 기대

동백기름 섞은 그리움으로
붉은 꼬리표의 수맥 찾아

은행나무 뚫린 구멍에서
구해 낸
정의의 함성이 자라는, 빈 터

대청댐에서

곱게 노을 지는 언덕에서
아쉬운 미련 접어두어

물결이랑 마다 잔잔히
사무쳐 울리는, 그리움

우암동의 투쟁

나의 유일한 버팀목은
한 줌도 안 되는, 고독

어느 날 바삐 등교하느라
내 도시락과 형의 도시락
바꿔 가 점심시간에 열어

눈부시게 들어온 계란 부침
화가나 참지 못해
하굣길 달리기해 집에 와

두근거려 말도 못하고
무조건 들어간
단식 투쟁으로 얻어낸
알뜰한 기쁨

어른이 되어 책임지는
일이 많아 힘든, 지금
식탁 위 계란 부침 보면

보다 뚜렷이 떠오르게 되어
생각나게 하는 빈 도시락에
나의 유일한 버팀목은
한 줌도 안 되는, 고독

수름재에서

해질녘 고개 마루에 서 보면
옹졸한 바람은 그냥 가지 않아
심술 부려 할퀴고 있어
새소리에 정이 들어 사니
온갖 소리는 잡소리 되어
같은 아픔 소중히 보듬어
감나무 꼭대기 까치밥으로 남은
당치도 않는 짬을 내어
미심쩍은 미련, 한 덩어리

미원에서

망설여 삶의 골짜기에서
한 발짝 나오지 못해
가진 것 다 잃어버린

후에 정신이 맑아
계절풍 맞아 까발려
바람은 있는 것 다 잃어
혼자되어 남아

상심이 커져서 견디기
힘들게 되어
사방 가리지 않아
목매게 속절없이 다녀

하늘가에 곱게
무의식의 돛단배 띄워
금낭화의 곱디고운
음계의 주머니 따라

천천히 내려가 여름 와
다 잊어 천지사방으로
유유자적 하며 가고 싶은
듣기 참 좋은, 빗소리

명암지에서

하늘 그림자 베고 누운
하얀 그리움이

푸른 하늘 한 모금 마셔
갈증 난 목을 축이고 있어

날선 바람의 파장을 피해
비난 없이 운 좋게 물속에

물장구 되어 코 간질이
재채기하는 느린, 곡조

비하리에서

인기 많아 시건 방 떨어
떨어지고 나서 비로소

깨닫게 되어 확고한
가소로운 놈이 되어

가치 없이 바삐 버려진
한줌 안 된, 낙장의 운명

오가리의 변

쫄깃한 언어로 말해 두어
서러운 나이 되어 알게 된
삼복더위에 쓰러진 소

풀잎에 싸 먹인 낙지에
벌떡 일어난다는 사실 아닌
풀만 먹는 습관에 인이 벗겨

소도 자신을 제일 잘 알아
육식하면 어떻게 되는 줄 알아
기겁해 벌떡 일어나는 것을

용감한 무식이 사실이 되어
판을 치고 있어 바꾸지 못해
괜히 우겨 보게 된, 상식의 변

율량동 햇살 촌에서

바뀐 높은 자리에 앉아
식사를 하니

당상관 된 기분으로
젓가락 위엄 있게 들어

떨고 있는 아래 것을 내려 봐
양반다리 하여 식사를 하던

이골 난 습관에서 벗어나
시대 변화를 거역할 수 없어

편리함을 위해 바꾸는 것은
당연한 일이 되어

입 속 가서 뒷짐 져 폼 잡아
늦은 계산 하고 있는, 헛기침

와우산 보며

비굴한 자와 아둔한 자와는
어깨동무 하지 말아야
현명함으로 자리 굳게 잡아
거침없이 독재와 싸와야 해

불의에 의연히 맞서야 하며
펜은 총칼보다 강하다 폼 잡지 말아
진정, 강하고 매운 맛을 보여

언제나 변함없이 비겁하지 않아
약한 자의 편에 가까이 서서
힘겨워도 망설 임 없이 편들어
과감히 이겨 내 바른 시 쓰기 위해

올바르게 쓰고 바른 말을 해서
아무리 강한 자라도 바른 일이 아니면
비굴하게 무릎을 꿇지 않아

맘대로 산다는 것이 쉬운 일만은
빈 목숨으로 강자 눈치 봐 살지 못해
빈털터리로 가는, 나그네

신봉동에서 마스크 쓰고

낯을 거의 다 가려 제 모습
보이지 않게 드러내지 않아
숨은 그림으로 뚜렷이 보여

낯설게 달라진 풍경 속에
탕감할 수 없는 빚을 져
추산 되지 않는 고통으로

힘겹게 살아가야 해서
몸무게보다 더 무거운
고통의 짐을 지고 견뎌

코로나 19는 마스크 쓰면
이상하게 봐 오던 습관을
안 쓰고 나가 이상하게 봐

마음까지 가려 통하지 않아
고통은 가려 해맑은 기쁨으로
읽게 되는 마음 함께한, 믿음

중앙공원 배급 줄에서

세상살이 오래 살아 보니
틀어지는 일, 하도 많아
이런 저런 생각에 쌓여
허접스레 잘 잘못 따져 봐

자신에게 떳떳한 것이 최선으로
이성적인 생각으로 줄 설 수 없어
두 눈 지그시 감아 내려
겁쟁이 아닌 피곤한 일상으로

대접 받지 못해 근근이 살아
예견한 일이라고는 없어
혼란스런 세월에 장단 맞춰
시간 쪼게 긴히 얘기 다 못해

뒤죽박죽된 거리에 머물러
고개 숙여 배급 줄 끼어 서서
티 나지 않게 참아 내어
고개 들어 멀리 바라보니

삼시 새끼 굴뚝에서 나는 연기
뼛속까지 자유로운, 영혼으로
비둘기 털 애처롭게 날리는 공원

꼭두각시의 자세로 기다려
운명은 바꿀 수 없다고 믿어
시간의 덫에 완벽히 걸려 있어
손꼽아 기다리는, 외 줄 서기

수암골 이야기

봄날 피는 꽃 만나 보지 못해
지는 꽃만 바라보고 있어
어긋난 운명보다 더 극적인
기척 없이 다가와 치는 곤두박질

상향과 하향 곡선 멋대로
참고 참아 깊은 한으로 남아
지독한 역겨움 참아 이겨
계산된 숫자 화폐로 바꿔

부끄러운 과거의 기억 잊지 말아
양보 미덕으로 알아 살아
내심 바르게 견뎌 생각해
느껴보니 허망한 꿈인 것을

뜻대로 되는 일 없어
얼쩡거려 얻을 수 있는 것 없어
잽싸야만 먹을 것 구할 수 있어
고스란히 남게 된, 기대의 폭

청주 사랑

떼려야 뗄 수 없는 인연으로
태양 불꽃같은 뜨거운 사랑
어금니 꽉 깨물어 참아내
한결같은 이미터 거리 두기
참아 견뎌 강한 마음으로
유지해 하고 있는 먼 사랑
환대해 주는 사람 없어
혼자 신명나 노래 불러도
군침 도는 일 없는 외톨이

무심천 연가

넌지시 건넨 막역한 소식으로
대화의 문 쉽게 열지 못해
속에 품은 분노 참아 내

살 이유 하나를 찾아내어
힘차게 앞으로 걸어 나가
힘겨운 일 있어도 포기 말아

공감의 위로를 스스로 찾아
연속된 고난 참아 이겨 내어
충분하게 문제를 파악해

내가 나 자신에게 다정히
말 걸어 대화하기 힘들어
직접 도배지 가득 채운, 문장

무심천 개나리

봄바람의 뜨거운 입김에
몸이 달아 오롯이

아옹다옹 시샘하여 피어난
개나리 앞에 연인들이

얼진 거려 몸을 비벼 안아
끈적이는 사진을

남의 시선 의식하지 않아
연거푸 신명나 박아내어

개나리가 낯 뜨거워서
고개 돌려 양식집 식탁 위에

맛난 인조 오믈렛으로
겸손히 빙그레 웃는, 미소

육거리 술빵

솟대로 높이 선 그리움은
거센 바람 맞아 소리 참아
가슴으로 피워 울어
곱게 완성된 찰나의 부푼
바람 든, 미완성의 꿈

우암동 언저리

돌려 막을 것을 찾아 내
비껴가서 완벽할 수 없어
행운을 찾아 오지랖 넓게
천지 사방 헤매 다녀
자주 착각해 얻은 것 없이
자신을 저버려 체통 잃어
지멋대로 반감을 사 조롱 하는
세월의 날선 바람 어쩌지 못해
이성보다 감성에 눈 깜빡 거려
불태울 열정으로 나서
손바닥 안에 쥔 것 없이
오랜 고민 끝에서 얻어 낸
자유의 하늘로 굳세게 치는
꽁지 다 빠진, 날갯짓

봉명동

어리석은 기대에 야무지게
낡은 신발 벗듯 고민 벗어
지멋대로 나아가다 보면
배짱 있게 살아 갈 수 있어
깔끔하게 자투리로
요령 피우지 않아
빗줄기 따라 내리 까바쳐
덜 떨어져 샛노랗게
기대감 한 푼 없이
돌아앉은 군말 안 해
봉황 울음 들리지 않아
버릴 것 없는 탄탄한, 맨 살

신봉동의 변

풀씨 날려 어색했던
기억으로 세월은
생색내 가고 있어
기가 막힌 일
눈앞을 막아
살짝 두근거림에
숨 가빠 너무 싫어
욕하는 것 참아
신봉 사거리에서
마음 안에 마음
곱게 보듬어
억세게 강한, 침묵

초정에서 약수 마시며

인생살이의 참맛을 찾아
세월 헤맨 어리석은 행보,
참맛은 멀리 있는 것이 아닌
마음 속 깊이 숨겨 있어
떠나고 싶어 은비늘 드러낸
꼬리 퍼덕인 찰나의 설렘으로
처음 맛보다 끝맛이 좋아야
누구도 억지 써 버틸 수 없는
찰나와 영겁의 제 맛인 것을
쉼 없는 걸음마 연습으로
살뜰히 챙겨준 보살핌으로
좁은 공간에 홀로 남겨져
눈물 보이는 철부지, 미련

비상리에서

오래 보아도 보이지 않는
차곡차곡 쌓인 하얀 속살
눈 시리도록 햇살 받아 녹아
차가운 물길 따라 흘러내려
시간은 탄탄한 벽 높이 쌓아
구실 찾지 못한 변명으로
소식 한 번 없이 지멋대로
막무가내 다가온 조각구름
날아오르는 것은 희망이라
뒤통수 맞은 아픔 굳게 참아
산마루에 걸쳐 핀, 무지개

먹맹이의 연가

시간은 탄탄한 벽 높이 쌓아
구실 찾지 못한 변명으로
소식 한 번 없이 지멋대로
막무가내 다가오는 우울
뒤통수 맞아 조심스레 참아
아등바등 번뇌에 깊이 쌓여
등에 진 무거운 짐 벗어 버려
홀가분히 남은 생을 즐겨야 해
행복은 누군가 주는 것이 아닌
내 스스로 구해 가꾸는 것을
밤샘 수선에 치유 될 수 없어
꼭꼭 씹어서 버릴 수 없는
찰고무보다 훨씬 질긴 고민
우울의 그림자는 생각보다
밝아 자태가 멋지고 고와
쉽게 다가와 오랜 시간 머물러
친구 아닌 친구로 어깨동무해
슬그머니 친한, 공감의 표정

까치내

때 없이 바람의 뭇매 맞아
흔들리며 피는 조팝꽃은
감성만 있는 것이 아니라
깊은 생각과 영혼 있어
세상만사 어쩌지 못해
자꾸 고운 자태 폼을 내
거부할 수 없는 유혹 쉽고
굽은 허리 펴 흘러
과감히 떨쳐 버려 남은
욕심 없이 깔끔한, 기억

청주 동백꽃

한 푼짜리 번뇌 떨치지 못해
잡다한 인생사, 큰 소리로
깔끔히 해결 되는 것 없어
우스운 꼴 보이기 싫어
맺힌 분풀이 하지 못해
응어리 하나씩은 품어 살아
모진 사랑 이겨 곱게 물들어
붉은 울음 낮게 우는, 사랑꽃

미원 효소액

따뜻한 햇살 아래 모여
장독대 안에 무대 삼아
지가 잘 났다 서로 버텨
처음 만나 진하게 싸워
꼭 이기지도 지지도 않아
진정 다정한 친구로 맺어
변하지 않는 딴 물건 된
도무지 연관 안 되는, 조합

성안길의 소리

내려 수북이 쌓이는 눈처럼
폐업이 늘어 하루아침에
중고가구 물품이 많이 쌓이면
경기 진짜 나쁜 참담한 이야기
밤새 사방에서 들려오고 있어
잠들지 못해 뒤척이는, 일상

팔결다리에서 투망을 던지며

푸른 하늘 아래 맨발로 버티고 서서
파란 물속을 향해 입 벌려 냅다 던져
고함 소리 죽여 얻어내는 빈 세월,
하튼 농간에 넘어 가지 않아
내가 무척 좋아 한다는 것,
굳이 내색 할 필요 없이
체면은 본시 하나도 볼 것 없이
겉은 곱상하게 생겨 먹어
세월 흘러도 고약한 심보 잊지 못해
거드름 피워 가는 세월 탓해
그냥 보내 살려 몸부림치는 것이 아닌
잘 살기 위해 몸부림 쳐서
막판 투전하듯 냅다 던져
얻어낸 넋두리 없는, 영혼

용화사의 변

소중함 알아 곱게 피어난
쌉사롬한 허세 크게 부린
보기 드문 봄꽃의 자태
단맛 번지는 고명 언저
꽃 피는 먼 산 넋 놓아 봐
불타는 마음 어쩌지 못해서
홀가분히 떠나지 않아
세상 시비 가림에 대꾸 없이
그냥 웃어넘기기 힘에 겨워
말없이 돌아앉은, 돌부처

미호천의 변

요염한 봄바람의 뒤태에 반해
어이없어 민망해 헛기침으로 때워
치명적으로 와서 닿아 버린
수구레로 만든 요리에 빠져
부담 없는 식감에 반해 버릴 수밖에 없어
입과 친해져 본격적으로 매력 느껴
하얀 조약돌 하나 웅덩이에 던져
예쁜 손등 간지러 온 몸 가득
채워지고 있는 보다 색다른, 공감

청남대의 뒤란에서

가볍게 보면 다 허망해
하늘 움직이던, 괴력도
지나고 나면 쓸모없이
부질없는 뜬 구름으로
부푼 기쁨, 꼭 잡아
오래 동안 기억해 두어
즐겁게 살아가야 해
여린 슬픔 쉽게 접어
바로 멀리 날려 버려
마음 편하게 살아가는
행복한 꽃길을 만들어
넉넉한 여유의 잔잔함
물, 바람 세월 흐르듯
간절하게 잊어 떨어져
멀리 날려 열매 그리워
마음 접지 못한, 꽃잎
이제까지 깔끔히 남은
너절한 인생살이 있어
콧날이 높아 도도하게

생겨 먹어 거만을 떨어
눈 아래로 깔보아 가는
시간 잡아 둘 힘이 없어
실망만 해 우길 생각 못해
그냥 쉽게 넘겨 살아가서
역겨움 잊어 개운한 기분에
남은 시간, 곱게 비벼 내어
유연한 참나무 숯불 맛으로
깔끔한 비법으로 맛내기 해
남은 빚 하나 없이 알뜰히
돌아앉은, 고집쟁이

대청댐 라이브에서

소풍 가자는 손녀의 성화에
과자 몇 봉에 음료수 한 개로
허기 때우기 위해 들어선
입 꼬리 올라간 햇살 널려
창가에 보이는 예쁜 들녘
대청댐 라이브 양식집,
휴일이라 빈자리 없어 기다려
찾아가 앉은 이층 구석 자리
장식으로 멋지게 해 놓은
깨어진 항아리 조각을 보고
잠시 세월 생각하는 동안
손녀는 깨진 항아리 보자마자
아파 불쌍하다고 말 하니
시인인 나보다 감성이 있어
신명난 아이의 모습과
배고프다며 더 달라더니
새 먹이로 건네주는
천진한 모습을 바로 보면
깔끔한 가을바람이 지나는

강가에 서서 맞아
온통 어색함으로 버무려진
가을 긴 하루가 짧게 지난
가장 신명난, 나들이

방서지구에서

있는 것 속으로 다 삭이다가
속병 들어 약으로 치료 못해
달갑지 않게 숨어 살아내어
열정 깃들어 걸맞은 침묵으로
삶의 애착에 깊이 빠져 들어
둥지 틀어 맞이한 멋진 해후

수동 달동네에서 · 1

평소에 게을러 가진 것 없이
사글세로 전전하던 햇살은
오늘 따라 유난히 새촘 떨며
달동네 골목 비탈진 계단에서
홀연 자태 예쁘게 보이고 있어
눈에 뜨이게 붉은 백일홍 곱게
단장을 더 하는 호젓한, 빈 터

수동 달동네에서 · 2

늘 배고픈 달이 떴다가지는
하늘 아래 가진 것 없는 동네
빵보다 맛있어 보이는 보름달
아무리 떼어 먹어도 배고픈
햇살이 새촘 떨어 비탈진
계단에서 새삼 예쁘게 있어
몇 번 반복해 타로 점 쳐 봐도
도저히 속내 알아 낼 수 없는
모나 기만한 내일의 언저리
침묵마저 보듬어 주고 있는
깊고 깊은 틈 사이에 박혀
하루를 보내는 허기

부모산 개암나무 아래에서

고댄 삶이 무너져 내려 있어
바지랑대 잡아 참아 견뎌내
바다의 파도가 급히 전하는
위로에 따사한 위안을 받아
아삭한 농담의 줄거리 따라
새참에 곁들여 나와 있어
스스럼없이 반겨 맞아
지워지지 않는 맛깔난, 고명

청주 언저리에서

옛날의 청주 언저리 방서 지구
리버파크 정원 분수 솟구치니
옆에 있던 까치가 놀라 덩달아
솟구쳐 삶의 무게로 날아올라
어깨 뚝 쳐 언 져진 옅은, 호흡

미원에서, 하루

이를 갈아가며 힘겹게 살아
되는 일이 하나도 없어서
고민의 기다란 꼬리 붙잡아
산다는 것이 뭐, 별 것이던가
갠 맑은 하늘 볼 수 없어도
고개 야무지게 끄덕인 긍정에
세월 쫄깃하게 익어가고 있는
소리와 서로 적당히 버무려
고개 빳빳이 들어 거만하게
걸어가고 있는 바람이란 놈
따라 뒷짐 져 팔자걸음으로
느리게 가는, 어언 인생살이

봉명동 고시원 전경

검은 관속에 살아가고 있어
숨은 쉬려 해 봐도 답답해
한 잔으로 달래고 있는 커피
행복은 억지 우격다짐으로
구하는 것이 아닌 자연스레
다가오는 한 줌 시원한 바람

수름재, 소나기

만 하루 사이에 만나 낯설게
느껴지는 어두운 하늘의 표정
똑소리 난 야무진 삶 살려해도
바람의 발자국 따라 가다보면
버거운 삶의 길목에 저음으로
깔려 퍼지고 있는 음계의 표정
인정머리 하나 없이 세월 따라
그냥 엄살 부려 지멋대로 가고
동아줄로 붙잡아 두지를 못해
숙인 고개 들어 하늘 바라보는
목덜미 따라 흘러 내려가는
목이 말라 바튼, 고독의 소리

방서, 동상이몽

여보 창밖 모가 자라는 것 봐
이 정도면 정말 전경 멋있잖아
시무룩한 부인이 한참 만에
명품 못 사러 가도 집 창문으로
백화점 훤히 바로 보여야 진정
여자는 행복을 느끼는 거야
알지도 못하고 괜히 야단은
그래도 잠시 창밖 한 번 봐봐
아내는 보는 둥 마는 둥 밖을
쳐다보는 시늉을 하고 바로
관심 없다는 듯 딴 일에 빠져
매달려 무심히 해 보는, 버릇

성안길 카드 쓰기

다른 듯이 닮은 모습으로
어깨 나란히 맞대 다가와
내 밀어 멋지게 지불할 때
품은 마음 서로 같지 않아
내 미는 손 너무 부끄러워
애기를 다루듯 품은, 쪽지

남들, 밀가루 반죽

별개로 뿔뿔이 살아가서
시샘을 보내기도 해가며
하나 되기까지 굳게 믿어
치대어 문대 한 몸 되어
제 할 몫을 다해 내어서
한 풀이 없이 나눠 살아
바지랑대에 널려 햇살에
종일 말려 빚어지고 있어
겹으로 고운, 세월의 가닥

성안길, 부침개

마당 한 구석 쪼구려, 앉아
알싸한 인생 맛나게 해서
밀가루에 이것저것 섞어
기름질로 고민 없이 뒤집어
서서히 다독여 부쳐 내어
간에 기별 보내는, 수신호

하트리움 리버파크에서

무심천 따라 즐비히 늘어서
깊숙이 스미어 들어 눈을 떠
새로운 풍경이 성큼 다가와
평소에 달라진 것 하나 없이
습관으로 보게 된 전경에서
생소한 느낌으로 넘어 들어
한 번 빠지면 헤어날 수 없어
맛깔나게 다가오고 있어서
친밀함으로 맺은 시작과 끝
건물 안팎에서 규격화 되어
사람들이 몰려나오고 있어
느긋한 여유로 멋진 진풍경

주성, 달개비

지나는 공터에 구해 뜯어
현미경 아래 이파리 놓아
속을 들여다 본 생물 시간

자세히 보아 못 볼 것 봐서
수업시간 내내 얼굴 붉혀
듣지 못한 끝나는, 종소리

초정 샘

아담한 미인의 보조개에
하늘 살포시 담아 보듬어
견뎌 마르지 않아 있어서
처음 알리는 시발점으로
계곡물 잔잔한 기쁨 보며
기대 저버리지 않는 영겁

낭성 찜질

생참나무 장작불 지펴
뜨거운 곳에 몸 맡겨
정말 시원하다는 하얀
거짓말로 비위 맞춰
세월의 무게 핑계해
시원스레 땀범벅으로
재미있게 사는, 인생

무심천에서

이 물길 따라 올라가면
잊었던 선한 눈빛
만나 볼 수 있을까

입 꼭 다문 고요로
흘러 깊이 사금 품어
들 깨꽃 향기로 번져

눈빛 시원하게
징검다리에 올라
지치지 않은 기다림

순간 쏟아져 내리는
한껏 설렘 보듬어
짜릿한 기분으로

세월의 틈새로
언뜻 보이는 패기

모두 다 드러내

무심에 변하지 않아
흘러가는 꾸밈새
하나 없이 느린, 물길

수암골에서

비가 가슴 안팎으로 내리고 있어
커피를 안 마시고 바라보는
청주 시가지의 전경의 느낌과
커피 한 잔 마시며 바라보는
청주 시가지의 전경 기가 막혀
백만금을 주고도 볼 수 없이
애절한 영화의 장면이 되어
가슴 저리게 정이 물린, 풍경

2부. 맑은 고을에서 예순 아홉 해

인생은 · 1

말을 많이 하게 되어
마음 한 구석 공허해져
다툼으로 돌이킬 수 없어
말 많이 한 것 후회해
다시 바꿀 시간 없어
여유롭게 살기 쉽지 않아
발은 항시 땅을 밟아
머리는 곧게 하늘 봐
한 때, 높은 산 닮아
우뚝 폼 잡아 봐
깊은 바다에 잠겨
침묵으로 당당히 폼 나게
나를 지켜 주는 것은
나밖에 없어 돌아서
멈추어 있는 날개처럼
가뿐한, 아쉬움의 시간

인생은 · 2

느끼하지 않아 해맑은
간혹 새참 시간 좋아
생생한 호흡으로 기른
노력은 배신을 몰라
따라잡기 하는 재미,
세월 따라 잡기로
오르막길도 만나고
편히 갈 수 있어 좋은
내리막 길 만나
쓸쓸한 밤이 있기에
따뜻한 낮이 있어
일상의 행복 찾아
구해낸 것은 짓궂은
표정의 몸짓도 자신
뚜렷이 낮 설지 않은
알맞은 언어로 자라
소소한, 일상의 뜰

인생은 · 3

빼곡히 일기장에 적어
드러내지 않은 소중한,
기억은 침울한 표정으로
현란한 반딧불이 되어
순간 아쉬움에 뒤돌아
보여 주는 고운 뒤태,
저절로 오는 행복 없어
직접 나서 찾아 구해
중간에 추임새 넣는
봄비의 수다 들어
졸음이 잠시 동안
잠결에 빠져 꿈길로
든든한, 삶의 버팀목

인생은 · 4

평생 깊숙이 빠져 들고 있는
영원한 사랑을 간직해 줄
햇볕의 오색실로 이어 줄 인연,
바래지 않을 것을 바라 가지고
되지도 않은 것을 기대해
늘 실망으로 헛되게 살아
돼먹지 않은 비탈진 인생살이,
느림보 세월을 한껏 기대해
발 빠른 세월만 성큼 다가와
멀리서 볼 때 조신한 달빛도
가까이 오래 보니 그렇고 그래,
남보다 약지 못해 멍청하게 살아
얻은 것이 아무 것도 없이
시간의 기억 속에서 완전히
흔적 없이 순간 날아가 버려
관심이 가장 큰 힘이 되어
빠르듯 느리게 지난, 빈 인생

인생은 · 5

태어난 것부터 누구에 의지 안 해
이 세상 온줄 알아 멋대로 한 처신,
빙 둘러 감싸주는 산등성이에
고마움을 표현해 주지 못해
나그네로 힘겨운 발길로 지나면
매우 노여워하며 가는 바람이나
아주 신바람이 나 가는 바람이나
둘 다 매한가지로 쌀쌀 맞아
가면 쓰지 않아 민낯으로
가진 것 없어 언제나 가난해도
마음은 늘 부자로 행복하게
하루를 보통보다 아름답게 살아
우리네 평범한 인생살이는
마지막 패를 보여 써 가며
모두 다 걸어 끝장을 보길 바라
승패 가르는, 전쟁터 아닌 것을
마지막 패는 깊이 감추어서
꼭 하지 말아야 할 말은 참아
자연과 손잡아 격 없이 하나 되어
자연의 생의 일부에 지나지 않는
모두 함께 해 좋은, 그림자의 삶

인생은 · 6

풀어 헤친 간 머리 날리며
뜀박질로 다가오는 두려움을
막아내지 못하여 외면해
위대한 생각, 위대하지 않아
감히 쓸 수가 없어 평범한
소박한 자신의 이야기
끝없는 실타래로 풀어내어
한솥밥, 오가는 따뜻한 정으로
쉽게 포기할 수 없는 인생인 것을
비겁하게 살아남은 것 없어도
당당하게 큰 소리쳐 살지 못해
살짝 눈치 보며 떠나는, 긴 여행

인생은 · 7

발버둥 쳐 견뎌 후회하면 할수록
못 빠져 나와 후회란 것을 하여
산산 조각난 인생은 끝없이 긴
동굴이라 말하는 사람도 있어
힘이 빠지지만 인생은 끝이 있는
터널이라 시간이 지나 언젠가
밝음이 올 것이란 생각의 끈을
놓을 수 없어 찬 우물물 퍼 올려
발 담가 돈은 하나 가진 것 없어
생각은 풍부한 행복한 부자로
쑥스러워 하며 가는 외로움으로
완벽하게 각인된, 생각의 끝

인생은 · 8

거세게 불어오는 바람
꺾일 듯 꺾이지 않아
올곧은 나무로 남아
구박 받아 기죽어
고개 숙여 이골 난,
입방정 떨어 나아가
넘어져 무릎에 피 흘려
다시, 일어 설 용기로
연어처럼 거센 물결 쳐
의젓이 내일의 가슴팍 속
마지막 남은, 추억의 온기

인생은 · 9

이것저것 하여 오래 살아
빠삭하게 다 알 것 같은
별거 아닌 인생인 것을
살수록 안개 속 헤매
사방의 벽이 다가와
말을 걸어 대화 해
통하지 않아 불리한
상황에서 싸움을 해
한 치 물러 설 수 없어
얼간이처럼 넘어가지
않은 것이 참 인생,
행복이 오지 않으면
행복을 찾아 나서는
막다른, 약속의 골목

인생은 · 10

빠듯하게 고달픈 인생살이
눈치 없이 살아 숙맥 되어
남보다 뒤늦게 처져도 좋아
뒹군 빈 술병 바로 옆에
번듯이 누워 있는 고난
참말로 속 편해 시간만 죽여
하는 방법 몰라 뒤처진 게 아닌
알아도 하지 않아 바르게 살아
원 없이 하고 싶은 것 하지 못해
오래 참아온 인내심 발휘해
늘 밀려 어리바리한 행복에
잊지 못해 찾은, 삶의 텃밭

인생은 · 11

청사초롱 밝혀 다가오는
체면이라 없는, 보름달
무엇인가 얻고자 할 때는
언제나 간절한 사람이 얻어
깊은 마음 움직이는 것은
달콤한 말장난 아니라
가슴 깊은 진심인 것을
말 그럴듯하게 하는
사람 믿을 수 없어
그러다 보니 믿을 사람
아무리 찾아 어디에 없어
두 번 속는 일 없기 위해
외친, 못 찾겠다. 꾀꼬리

인생은 · 12

상큼한 미소 지어
다가온 어린 햇살,
깜짝 얼 띠게
손깍지 껴 온 불안
시간의 방점으로
부푼 기대치 낮춰
기죽지 않아
버터 직진에 빠져
망설여 결정 못해
어리둥절 꾸민 듯
안 꾸민 표정에
맥없는, 상상의 끝

인생은·13

시간 안은 백수로
말썽 부려
세월 꼼짝하지 못해
말없이 기죽어,
작은 것에 감동 받아
쾌히, 가는 길
막걸리 사발 한 잔에
뜨거운 파전 한 쪽의
부드러우며 찰진 맛
뜸 들어 구미 돋워
기막힌 알짜배기로
부르는, 한 가락

인생은 · 14

맨 몸으로
오랜 시간 흘러
아무 것 아닌
눈치, 여유 없이
받아 어색해
챙겨 주는 마음,
굳게 닫친 문 열어
시간이 필요 해
발 동동 힘겹게
지탱한 가뿐, 습작

인생은 · 15

크게 엄살 부려
엄동설한에 갈길
암벽에 기대 멈춰
지나는 삭풍 무심히
살아 다행스런 것은
어둠 있어 빛 아름다워
가위 바위 보로,
입 다물어 옷소매 스친
어색함 기꺼이
굳은 사연의
옳고 그름으로
하찮은, 우연

인생은 · 16

모질고 깜깜한 인생살이
밤길 헤쳐 나갈 수 있어
두 눈 아닌 현명함으로,
끊이지 않아 인연의 끈에
꼭 매여 사는 얼 띤
분풀이 못한 세월의 재롱
엉뚱한 생각 없이 떠나
산불로 타버린 흔적에
여린 순의 고사리 무리 져
거역 못하는 삶의 연속
물러나 폼 나게 살아
버텨 얻은, 작은 혼

인생은 · 17

서울 올라 몇 년 살아온
친구 녀석 호탕한 웃음
실내 떠나갈듯 보내
개 폼 잡는 꼴 싫어
한이 물린
목소리의 진심으로
망설임 없이 나가
듣는 둥 마는 둥
보이는 것이 전부 아닌,
행동과 생각으로
굽어 바라봐
도달 못한, 건너 편

인생은 · 18

치명적인 매력의
노란 새 요염한 소리
차이 난 떨림으로
어안이 벙벙해 정신 줄
놓은 혼미한 마음
슬픈 노래 더 슬프게
못 이겨내어 애달파
차분한 설화의 장면에
망설여 아살함으로
갑자기 운명 바꿀 수 없어
빠져 내 뱉는, 한숨

인생은·19

쉽게 구해지는 것
아무 것 없어
그냥이란, 당연히 쓴
단어 하나
묵을수록 맛 들어
영원한 것은
찰나 무릅쓴
소소한 한풀이,
막막함으로
넘쳐 주체 못한
끼, 내색하지 않아
끝내어 옹졸한
바람의 하얀, 벽

인생은 · 20

오늘 멋지게 보내
더 폼 난 내일 오고
언제나 상상은
봉인 되어 있지 않아
물결처럼 가는 걸음 째,
멋대로 자유로워
소중히 지키기 위해
목숨 받쳐 싸워
발은 땅에 두어 꿈은
언제나 하늘 높이,
마음 조각 한시름 잊은
허접한 일상의 빈 터에
마수걸이, 상상의 꿈

인생은 · 21

잘못 떳떳이 인정해
살은 놈은 바보 되어
찌질 한 세상에 우겨
증거 모조리 없애는 놈
똑똑하고 잘난 놈 되는
한심한 사회에 끼여
돈이 따라 줘야지 사람이
돈 따라 구할 수 없어
보상 받기 위해 살아온 것
아님으로 나름 멋지게
손색없이 현혹되어
그늘 짙게 진, 일상

인생은 · 22

파도 아무리 노려 봐
파도는 변하지 않아
한 번뿐인 인생에
멋대로 하는 것은
망설여 중심 못 잡아
그림 그리지 않아
있는 그림 덧칠 해
끈 풀린 한심한 영혼
누구도 이길 수 없는,
시작 없이 막장으로
질리지 않은, 그림

인생은 · 23

손 흔들어 미소 지어
멋대로 가고 있어
잡아 둘 수 없어
힘들여, 고개 숙여
처량히 뒤태 보여
망친 것은 하나 없어
넉넉한 분위기 불러
멍청하고 한심해
보잘 것 없이
펼쳐 보이는
멋대로, 비릿한 맛

인생은 · 24

살아가기 쉽지 않아
끝까지 캐내야 해
금맥처럼 막장까지
기어서 가는
힘겨운 행보,
답답한 긴 통로
땀내로 건너 가
쉼 없이 셈에 살아
알 수 없는
돌개바람 불어
회오리쳐 무너진
눈물 젖은 애환의
작은, 변두리 뒤편

인생은 · 25

나이 든 비틀 걸음
어렵게 가는 길
곁을 지나는 세월은
비웃음 보내고 가
뒤따라 목덜미 잡아
혼내 주려 쫓아 봐도
늦은 걸음 째로 못 잡아
따라 가다 멈춰 멍하니
막무가내 한 번은 좋은
개운한, 이른 아침

인생은 · 26

무심히 가고 있는 매정한 세월
가는 길 앞을 막아서 막지 못해
바삐 가는 세월에 대못 못 박아
화끈하게 달리는 세월 잡지 못해
망설여 주저해 얻은 것 없어
기립 박수 받지 못해도
손가락질은 받지 않아야해
흔들리고 비에 흠뻑 젖어
찬 비 맞아 갈 길 잊은, 세월
골치 아픈 인생사 다 잊어
새침한 산새의 소리에 이끌려
담아두기 좋은 차진, 이야기

인생은 · 27

야속한 세월 탓해
분수 딱 맞아 살기
생전에 쉽지 않아
태어나 구박때기로
나 위해 통 크게 쏜 적
서글프게 한 번 없어
못 마땅한 민망함에
꼭지 돌은 바람 탓해
얼떨떨해 내치어
한 발 더 눌러앉아
체면치레로 완벽히
주눅 든, 존심 한 근

인생은 · 28

고개 끄덕여
힘겹지 않게
빗겨가는 바람
맞아 살기 힘든
허리 굽혀 얻는 것
가슴 펴 얻는 것
별로 차이 없어
굽혀 구걸하지 않아
나름 꼿꼿하게 살아,
누가 먼저인지 몰라
눈 맞아 불꽃 튀기는
사랑으로 맺은
두터운, 웃음

인생은 · 29

똑똑히 알 것 같은
과장된 현명함으로
버텨 굳게 살아
이때, 가장 무식해
알아야 할 찰나는
남 잘못 예리한 지적
비판을 가하는 자
자신의 잘못 너그러워
직접 보고 들은 것도
사실이 아닌 기이한
현실에 누워 남아,
멋진 풍경 기대하기
어렵게 되어 햇살
좋은 먼 산 바라봐
깊은 시름 보내어
지내는, 긴 하오

인생은 · 30

짠 소금으로 숙성 되
버텨 산 삶 싫어
풋풋하게 버릇없이
세월 원망하지 않아
진정 따뜻한 가슴에
마지막 남은 자존심
치졸하지 않게
덜 숨죽여진, 배추
탱탱하게 빈틈없이
진심 담아 버무려
엄청, 한적한 과정

인생은 · 31

하고 싶은 일을 해
작은 행복 느끼며
앞만 보고 가기 바빠
뒤 돌아 보는 것
익숙해 있지 않아
자신의 뒷모습 용기 내
세심히 보지 못해
아무 짝, 쓸모없는
나부랭이 이야기
멈추지 않아 쏟아
거칠게 억센, 흔적

인생은 · 32

순풍 뒷배로 받아
쉬운 삶 있어 거꾸로
힘차게 앞으로 나아가
항공기 바람 불어오는
방향으로 맞서 이륙해
빨리 뜨고 착륙할 때
마찬가지 방향으로 내려,
나뭇가지 앉은 새도
바람 부는 방향 보고 앉아
날아갈 준비 하고 있는
힘겹게 버거운, 자태

인생은 · 33

손해 보는 일 있어도
이익 위해 악마와 손
잡는 일 있을 수 없어,
꿈은 높은 곳에 둬
이루기 힘들어
시간은 모래 같아
손가락 새로 빠져 나가
잡아둘 수 없어
말 되게 하는 것이
시 쓰는 일이라
시 쓰며 말 되는 것
말 안 되게 만들어
여지 것 듣지 못한
주판알 굴리는, 소리

인생은 · 34

게으르게 살아
요새 와 시 쓰기
부잣집 쌀밥 먹듯
사는 보람 느껴
아름답게 여겨 담아,
좀 더 보듬어 아껴 줄
철 늦은 후회로
아무 두려울 것 없이
포기해 거역하지 못해
뒤끝 많은 바람의 마음
밧줄로 묶어두기 어려워
가는 길 멈춰 돌아 본
가뭄에 콩 나듯 한, 미련

인생은 · 35

요새와 가장 나쁜 놈
도둑이거나 사기꾼보다
더 나쁜 자 많이 있어
나쁜 놈에게 쫓기는
가련한 검찰과
나쁜 놈에게 매 맞아
꼼짝 못하는 경찰
눈앞에 보여 있으면
어떤 기분일지
알고 싶었는데 조금은
오래 살다 보니
끝내 본, 슬픈 사연

인생은 · 36

말 하나 필요가 없는
기막힌, 울림 기대 해
까불지 않아 곱게 지내
오래 살아 별일만 있어
분에 크게 넘쳐 살아
눈 앞 어른거려 들어 온
어디도 옳고 그름 없어
내용 묻고 따지지 않아
무조건 자기편만 들어
편 가르기로 이익을 봐
내 편 챙기기에 눈 벌건
온 천지 훤히 보이는
한 번도 겪어 보지 못한
상상 밖의 엄청난, 세상

인생은 · 37

맛스레 야무진 고집 부려
잇속 차려 실속 있게 견뎌
얻어낸 것 아무 것도 없어
덧없이 짧은 인생 멋대로
마음 내킨 대로 편히 지내
변하지 않아 가는 어렵게
무정한 세월 잡아둘 수 없어
입맛 나지 않는 주전부리로
때워 버린 지루한, 한낮

인생은 · 38

별거 아닌 인생살이에 부담
안아 부대끼며 긴장해 살아
엎어지면 바로 코 닿을 곳
행복이 있는데 찾지 못해
먼 곳에서 찾아 헤매고 있어
오랜 시간 허망하게 보내
아둔한 가슴으로 알게 된
예쁘게 보면 잡초도 꽃이고
밉게 보면 꽃도 잡초인 것을
진실한 허구의 이야기 빠져
가벼운 운에 맡겨 억척으로
막힘없이 가는, 영혼의 통로

인생은 · 39

타고나 하늘로 부터 받은
내 팔자는 온전히 내 것으로
망설임 없이 가고 있는
부질없는 시간에 묶여
굿이나 보고 떡 먹을 수 없어
하늘 마주해 야무지게 살아
바람은 식은 죽 먹기란 듯이
무표정한 포정을 지어
치명적인 유혹 보이지 않아
물꼬 트기 어렵게 된, 한 낮

인생은 · 40

호락호락하지 않은 인생살이
모든 것 생각하기에 달려 있어
"인생은 느끼는 자에게 비극,
생각하는 자에게 희극"인 것을
어쩜 무정한 세월 눈물 없이
우리 한 몸 버리는 것이 아닌
속으로 귀중하다며 중얼거려
손수, 손 모아 세월 함부로
냅다 내다 버리고 있는 것을
하루 종일 구박을 하다가는
일부러 어깃장 놓기도 해
민망해 하며 가는 세월 뒤로 해
빈 털털이로 살아 잃을 것 없이
그냥 분풀이 해장국, 한 그릇

인생은 · 41

본래부터 시도 때도 없이
타고난 싸움터 한복판
자기 자신과의 처절한, 혈투
큰소리 내어 하늘에게 물어
얻은 것 아무 것도 없어
땅에 엎드려 물어 봐도
돌아오는 답 하나 없어
벗어나 두려워하지 않아
당당하게 맞서 싸워나가
지지 않기 위해 있는 힘
다 쏟아 붓는 온, 마음

인생은·42

매력 넘치는 폭포의 자태
홀랑 반해 빠져 들어
정신 차리지 못해 얼버무려
눈치 하나 없는 폭포수는
아무 일 없다는 듯이 마냥
잊지 않아 쏟아 붇고 있어
원래 정해진 답 구해 얻어
보듬어 가는 것이 아닌
해답 풀어 진하게 되어
살뜰하게 흐르는, 여정

인생은 · 43

그리움의 집을 지어 시린
옆구리 따사해 채우겠다. 우겨
지푸라기 몇 개가지, 황토 발라
마른 옆구리 구석으로 푹 꺼진
보이지 않는 빈 곳보다 작은
그리움의 집 서까래 없이 지어
바람 불 때마다 걱정으로 잠 못
이루어 나가고 있는, 불면의 밤

인생은 · 44

굳은 살 베긴 발뒷금치로
기대되는 것 모두 다 버려
콧노래 불러 산모퉁이 돌아
남의 가슴에 대못 박을 때
여럿 대못 박는 일 하면서
대수롭게 생각하지 않아
궁금함 두꺼운 입술로 참아
무진장 농담 늘어놓아 살아
산자락의 기다란, 그림자

인생은 · 45

군은 살 베긴 발뒷금치로
기대되는 것 모두 다 버려
낮은 소리로 노래를 불러
산모퉁이 돌아 남의 가슴
대못 박지 못해 빈 곳에
대못 박는 일 해 대수롭게
생각지 않은 궁금함 두꺼운
입술로 참아 무진장 농담
늘어놓은 자락의 기다란
그림자 빤히 고개 못 들어
말 못하는 수줍은, 고백

인생은 · 46

불호령 내리는 삶의 태풍에
맞서 얻어낸 것 하나 없이
견뎌 기죽어 소리 내지 못해
무뚝뚝한 나무는 그대로가
가장 큰 매력으로 다가와
딱 한 번만 해야 하는, 투정

인생은 · 47

인생은 가장 단단한 추억의
징검다리 자주 반복해 내는
잊지 못하는 아름다운 기억
시간이 많이 흘러 흐려질수록
선명하게 드러내 보이는, 자국

인생은 · 48

엄살 부릴 줄 전혀 모르는
감정이란 놈은 멋대로 있어
무작정 인색한 세월 탓해
얻을 수 있는 것은 없어
주저 하지 않는 망설임으로
무작정 이유 찾지 않아
소문의 꼬리에 노루 꼬리 달아
포동포동 살이 붙어
뚠뚠해져 순간 번져 나가
세월은 버르장머리 없어
핑계로 회피 않고 거침없이
낯설게 펼쳐진, 삶의 내막

인생은 · 49

정도 아니면 걷지 말라
끝까지 타협 하지 않아
약 올리며 가는 철부지로
산울림 소리 그런대로 좋아
고집 부리어 혼자서 버텨
설욕 다짐 마음 굳게 먹어
꼭 이겨야 하는 견제에서
변덕스런 실수 연거푸 나와
어린 아이의 철없는 장난
멋대로 살아 얻게 되는 것
없어도 천진한 잊지 않아
곁눈 길로 배시시 짓는, 미소

인생은 · 50

초등학교 급식 때의 맛
잊지 못해 육거리시장에
찾아가 옥수수 가루 구해
강냉이 죽 끓여 입 안 가득
넣어 느껴 맛보는 순간
이 맛도 저 맛도 아닌
얄궂은 시간이 입맛 없애
호사스런 사치에 빠져
돌아 올 때까지 기다려
끝내 오지 않아 바람으로
쫄깃한 그리움의 인절미에
고소한 콩고물 가득 묻듯
되돌아온 기적 같은, 가락

인생은 · 51

스스로 꽉 닫아 버린 빗장
풀지 못하여 굳은 표정으로
가슴 저리게 다가와 떠나
달가워하지 않는 마음을
숲 속 깊이 바위 밑에 남겨
미련을 버리어 견뎌 내어
낭만이 희미해지는 나이로
계곡물 되어 거세게 흘러
못을 이루어 가는 감동
맑은 바람으로 살짝 데쳐
술과 안주 넉넉히 내어
가는 세월 붙잡지 않아
홀가분한 기분 살려 빚어
독한 손익듯 내어 논, 습관

인생은 · 52

입방아에 올라 어려움 겪어도
속은 끝내 바뀌지 않아
불길한 예감은 틀린 적 없어
매집 타고나 좋은 사람도
이리저리 맞아 당하고 나니
버텨 서 있기 쉽지가 않아
지워지지 않는, 생채기로
고개 내민 역경의 심술
끝날 기미 보이지 않는
거져 얻은 속설의 운명에
바림이란 놈은 응석 부려
사방 지멋대로하고 있어
구렁이 담 넘어 가듯이
짧디. 짧은 인생 여유 있게
눈치 보지 않아 엄청 길게
살아남아 보이는, 한 장면

인생은 · 53

억지로 떼어 내려 하지 않아
막무가내 붙잡아 놓지 않아
까칠한 바람이 곁눈질 하여
나아가고 있는 산길 따라
하소연으로 이어온 헛된 삶
덧없는 미련 속에 남아 있어
꼬일 대로 완벽히 꼬여 올 가맨
오색으로 물들여 매듭져진
끈 동여매어 붙잡고 있어
안달이 난 식욕 억제해 놓아
미련 쉽사리 다 버려 잊어진
야무지게 차려 놓은, 비현실

인생은 · 54

많이 지나온 길 되돌아보면
다정스레 보일 것 같은 많은
사연 띄엄띄엄 징검다리 되어
따사한 햇살이 반겨주고 있어
힘들게 했던 일들 별일 아닌 듯
한 줄 물길로 휘돌아 흘러
소리 내 여울물길로 흘러
익숙한 자태로 손 내밀어
강둑 넘어 번 저오고 있는
화딱지 난 뼈아픈, 기억

인생은 · 55

가진 것 아주 많은 자들
지 아무리 폼 잡아 견뎌봐도
세월은 이겨 낼 수 없어
버텨 내지 못해 무릎 꿇어
아주 부끄럽고 지독히 민망해
이익이 되면 따르고 있어
다 속여도 시절은 못 속여
피고 지는 꽃잎을 보며
아쉽게 지나는, 나그네 발길

인생은 · 56

익숙하게 봐온 괴팍한 성격에
지나는 바람의 곁눈 길에도
가볍게 스쳐 쓰러지는 상처
매번 곤란하게 하지 않으려
돌아서 앉아 견뎌 내어
구들장처럼 은은한 온기에
묘한 매력에 빠진 세월로
지워지지 않는 선명한 자국
한 번도 보지 못한 깔끔한
암산으로 끝내 버린 마무리에
억장 무너져 내리는, 소리

인생은 · 57

발 빠른 세월이 깔보는
눈빛으로 곁눈길 주워 지내
버둥대며 안달 내어 살아온
기구한 인생도 지나고 나면
진정, 짜릿한 삶인 것을
어쩔 수 없는 뿌듯한, 기분
수북이 담긴 추억거리도
그늘이 없는 것은 없어
뼛속까지 깊숙이 파고드는
바늘로 찔려오는 고통 참아
귀하게 얻게 된 잔잔한, 미소

인생은 · 58

똑바른 걸음 째로 바르게 걸어
부끄러움 하나 가지지 않게
매무새를 어루만져 단정히 해
은은하게 남은 여운으로
투정을 부려 가고 있는
나 어린 행동 삼가지 못해
생각에 찬 눈빛으로 바라본
어우러진 묵직한, 감동의 여운

인생은 · 59

굳게 견뎌내어 옹이진 삶을
구슬픈 한풀이 가락으로
부드럽게 풀어 내지 못해도
티를 내지 않아 견뎌내어
자만하지 않아 마음 다잡아
가만히 모퉁이에 앉아 있던
햇살 억척 부리어 가고 있어
고단한 인생은 영원한, 찰나

인생은 · 60

소문이 너무 자자해 얽매인
인생은, 나그네 길 삶인 것을
힘겨운 인생살이 살아가며
잠시 길목에 쉬어 갈 뿐,
쉼표는 있어도 마침표는
절대로 없어 정도를 지켜
막무가내 오랜 궁리 끝에
가진 것 다 잃어 버려도
신망은 잃지 않아 살아
속단 없이 바르게 나아가는
한 마음으로 이룬 꿈길 따라
보상 못 받은 각인 된, 운명

인생은 · 61

속이 상한 만큼 마신 술이
거나하게 취해 막걸리 몇 잔에
고주망태 되어 속상함보다 술잔 많아
시간 낭비한 어설픈 밉상으로 말대꾸해
반복된 주책바가지 민망하게 견뎌
감칠맛 나는 단 한 번뿐인 인생살이
멋지고 폼 나게 살아봐야 해서
물에 빠진 미련 억지로 건져 내어
따사한 봄 햇살에 곱게 말려
멸치 배 두 손가락으로 갈라 똥빼기해
덤으로 얻은 얼굴 붉은, 하루

인생은 · 62

고자질해 가는 산새의 부리
입 다물지 못해 지나친 근심은
화를 더해 다시 마주 하고픈
맛있는 한 끼 식사 차리기 위해
거침없이 야무지게 쳐다봐,
수월한 느낌으로 박력을 더해
모두 다 뒤집어 놓아 봐도
바뀌는 것은 하나 없어
촘촘하게 뜨개질 되어
출구 없이 살아도 좋은
어쩔 수 없는 뿌듯함으로
치명적인 유혹에 빠져
낯선 감촉에서 헤매어
힘겨워 손을 내밀어 잡은
한 줌도 안 되는, 지푸라기

인생은 · 63

속상한 것 다 버려 가슴 속
후련하게 절벽 위에서 느끼는
막판 아찔한 현기증 감당 못해
설레발 떨어 가는 계곡물을
발 담가 잠시 잡아 두어
쓴 소리 멀리해 가슴으로 들린
자연의 소중한 소리 넘어
뜬금없이 들리는, 한 마디 소리
근심 걱정 계곡에 내려놓아
괜히 심술 부려 가고 있는
물길 따라 쏜살 같이 가고 있어
주워 담지 못한 아쉬운, 시간

인생은 · 64

자투리로 남은 시간 쪼개
험한 산길 따라 걸어야 하는 이유로
유년시절 보물찾기하듯 헤매
작은 유혹 거들떠보지 않아
완벽한 선택을 하고 있는
편히 누운 산 그림자의 자태

인생은 · 65

욕심 부리지 않아 연연해
마음잡아내려놓아
세월의 거친 빗질을 당해
졸지에 말없이 쓸려나간
기지개 펴지 못하는 나약해
응어리진 것 다 내리 놓아
일어나 눈을 비벼 다가와
건방진 친구 버금가는 노을
굳게 잠긴 빗장 풀지 못해
낯익은 일상으로 돌아와서
응어리진 것 다 내리 놓아
다시 찾을 수 없는 야속한
붙잡지 못한 아쉬운, 미련

인생은 · 66

허둥대어 숨 가쁘게 걸어온 길
머물러 끝마무리 하지 못해
인생 별거 아니라 귀띔해주고 간
바람이 하는 얘기 적어 놓아
엄두내지 못해 이룬 것으로
밤샘 수선으로 치유 될 수 없는
잠시 여유를 찾은 생각 위해
하소연 없이 기대감으로 산
어렵게 용기나 꺼낸, 진심의 말
마음 가지 못하는데 몸만 가
되는 일 항시 하나도 없어
살짝 움직인, 고민의 눈주름

인생은 · 67

가진 것 아무 것도 없어
외롭기 만한 고민이란 놈은
남 일에 관여해
질색해 다 잊어 품앗이 나서는
근거 없이 날아든 뜬소문
귀싸대기 맞아 정신 못 차려
한 줌 추억의 언저리에 서서
침 흘려 관가 먹고 있는 늦둥이
낡은 빗자루로 날고 있는 우울은
하늘 끝까지 높이 날지를 못해
닮은 것 같은 자질 다 내 보여
종잡을 수 없는, 외줄타기

인생은 · 68

예리하게 날선 미늘에 껴 아픔 잊어
허겁지겁 가는 고된 생활에 젖어 버린
식감 좋은 떠돌이 생활을 접어
앙증맞은 세월 탓해 얻을 것 없어
줏대 없이 살아가면 안 되어
욱한 마음 편히 가다듬어
무심히 말대꾸 없이 가는
잔소리보다 더 무섭기 만한
눈길 주지 않는, 무관심으로
익숙한 분위기에 빠진, 정적에
지워지지 않는, 슬픔의 흔적

인생은 · 69

쌤통으로 밤마다 번지는
가위눌림에 바람 소리 따라
잠들지 못해 키 높이
관심두지 않아 대견스러운
자존심 접어 진지한 표정으로
이은 하늘 낮설게 다가와
혹하게 바뀌어 가면
궁합이 남사스레 잘 맞아
밤잠 설쳐 일 벌리고 있어
헤아릴 수 없이 다복하게
피어낸, 작은 오색 별무리
방긋 보내는, 소리의 일상

인생은 · 70

별거 아닌 미련 버리지 못해
무거운 짐 등에 지고 오래 걸어
비린 발길로 소리 내 생떼 써
쑥스러워 고개 숙인 참신한
유년의 별것은 이야기들로
어여쁘게 빌어먹기 힘들어
한 종지 넘쳐 담은 슬픔으로 입 다물어
굳게 참아내어 군더더기 없이 몸살 나
마른 샘에 멈춰 서서 바라보는
자신의 모습은 보이지 않아
온종일 흠뻑 비 젖은 새 되어
넘어지는 일이 하도 많아
일어서는 일 많은, 오뚝이

인생은 · 71

자연과의 싸움에 있어서
이길 수 있는 확률은 없어
생소한 느낌으로 세상을 대면해
어둠의 그림자 사방팔방 다녀
찾아내기 너무 힘이 겨워
오금이 저려 오줌 질질 싸는
강아지처럼 살아 갈 수 없어
다짐해 푸른 하늘 우러러 살아
구름처럼 멋대로 떠돌아 다녀
얻을 수 있는 것 너무 많아
손가락질 받아도 꺾을 수 없는
작은 고집 하나로 견뎌 내어
용서는 쉽게 해버려 끝내
잊지 말아야 해 돌아가는
길에 서서 하는, 엇박자

인생은 · 72

오랜 세월의 벙어리 말을 터
햇살 아래 모여 조잘거려
해묵은 피아노 건반 위에서
손가락 오가며 재미있게 놀아
아름답게 연주되는 선율로
아침 햇살의 사랑 곱게 받아
바싹 씹을수록 고소한 고향의
누구에게도 말로 알려 주기
힘이 든 자주 손이 가는 별난
온통 잠결에 가득 들려 와
곱게 번지는, 귀뚜라미 소리

인생은 · 73

산꼭대기로 뻗은 좁은 산길
따라 올라 가면 하늘 닿아
훤히 드려내 보이고 있는
뒤죽박죽 우리네 인생사,
뜸 들여 맛깔난 든든한 자태로
타박을 받아 진저리 처 가
녹록치 않게 구박 떼기로 남아
평생 잊을 수 없는 기억으로
깔끔한 곡의 소절에 애끓는
처음 듣는 고고한, 현의 울림에
살갑게 다가와 버팀목으로 남은
부질없는, 한 줌의 자존심

인생은 · 74

숙성된 언어로 써 내려간
한 번뿐인 값진 인생
건성으로 소비할 수 없어
눈시울 붉어진 슬픔으로
거친 세월이 운 좋게 비껴간
등 휘게 된 삶의 무게인 것을
질겨 씹는 맛없이 궁금해
기대가 클수록 실망은 커져
생각 외로 별 것이 아니어
서먹한 미련 모두 다 잊어
다시 오지 않는, 인생의 백미

인생은 · 75

아무리 강해도 물러서지 않아
부당한 것에 맞서 싸워
빚을 진 이자까지 다 갚아
공정한 경쟁 보기 힘들어
바구니에 가득 담아온
돈 앞에 셈하기만 급급해
오래 견뎌 살아 어리석게
마음의 울타리에 기대 있어
나약한 자태로 비스듬 남겨진
한 줌 정정한 물인 것을
절레절레 고개 흔들어 간
탈도 많고 말도 많은,
반품할 수 없는, 옹고집

인생은 · 76

질긴 삶의 거미줄에 걸려
버둥거려 살아가는, 인생사
믿기지 않는 일 많이 벌어져
팔뚝 힘줄 세워 해결 안 되어
먹고살 걱정에 소인배 되어
낮은 자세로 비벼 살아가도
남 망치는 일 가담할 수 없어
기지개 펴는 고민 다잡지 못해
시도 때도 없이 물 살지는, 강물

인생은 · 77

베긴 듯 살아온, 인생살이
수다의 난장판 넘어 건너
좌절과 한계를 이겨 내어
귀하고 소중한 자연과 함께
손잡아 앞으로 힘차게 나아가
한 아름 행복 다정히 맞이해
쌉싸래 하기만한 인생 맛으로
지는 노을의 아름다운 자태에
멈출 수 없는 지멋에 겨워
오래 살아보니 별 볼일 없이
그렇고 그런 무맛의 인생

인생은 · 78

밖에서 찾지 말라 내 안에 있어
서 있는 나무에게 삶을 배워
나와 남이 다르지 않음 깨달아
정갈하게 담은 자연에 빠져
미지의 세계 가보고 싶어
이 핑계 저 핑계 만들어 봐도
열리지 않는 결개 걸어 둬
돌아갈 곳이 있어 행복한
인생은 떠돌이의 삶인 것을
관심 안 둬 겹나게 억척스레 살아
가득 챙겨 주는 따뜻함으로
헛된 소문에 연연해하지 않아
하늘을 거역해 살아갈 수 없어
물결 되어 자유롭게 흘러 산, 막장

인생은 · 79

아무 것도 안하고 있는
빈둥거린 여유로 살아
인생은 무한한 가능성 있어
은자 붙여 줘도 받을 가치 없는
명예를 찾지 하고자 헤맨
젊은 시절이 부질없어
한동안 마당발로 나다녀 있어
잃을 것 없어 오랜 시간 버텨
옆구리가 몹시 시린 세월 안아
감정을 통제하기 쉽지 않아
눈 감아 결부 좌로 있는, 마음

맑은 고을에 피어난 소중한 꽃

2020년 10월 15일 초판 인쇄
2020년 10월 21일 초판 발행

지은이 성낙수
만든이 박찬순
만든곳 예술의숲
　　　　등록 2002. 4. 25.(제25100-2007-37호)
　　　　주　　소 · 충청북도 청주시 상당구 교서로 2
　　　　전　　화 · 070-8838-2475
　　　　휴 대 폰 · 011-467-4774
　　　　이 메 일 · cjpoem@hanmail.net

ISBN : 978-89-94016-174-4 03810

* 잘못된 책은 구입한 곳에서 바꾸어 드립니다.
* 책값은 뒤 표지에 표시하였습니다.

※ 이 책은 2020 청주시문화재단, 청주시문화산입진흥재난
　　후원으로 발간되었습니다.

청주시문화산업진흥재단
CHEONGJU CULTURAL INDUSTRY PROMOTION FOUNDATION

이 도서의 국립중앙도서관 출판예정도서목록(CIP)은 서
지정보유통지원시스템 홈페이지(http://seoji.nl.go.kr)와
국가자료종합목록 구축시스템(http://kolis-net.nl.go.kr)
에서 이용하실 수 있습니다. (CIP제어번호 : CIP20200
43388)